AF583069

Las cosas terminan bien

Reflexiones de un payaso silbador

Gerardo Mancilla Arteaga

EDIQUID

LAS COSAS TERMINAN BIEN
Reflexiones de un payaso silbador

Editado por: Corporación Ígneo, S.A.C.
para su sello editorial Ediquid
José Olaya 169, Ofic. 504, Miraflores. Lima, Perú
Primera edición, abril, 2024

ISBN: 978-612-5142-46-7
Impresión bajo demanda

Hecho el Depósito Legal en la Biblioteca Nacional del Perú N° 2024-02132
Se terminó de imprimir en abril de 2024 en:
ALEPH IMPRESIONES SRL
Jr. Risso Nro. 580 Lince, Lima

www.grupoigneo.com
Correo electrónico: contacto@grupoigneo.com
Facebook: Grupo Ígneo | X: @editorialigneo | Instagram: @grupoigneo

Colección: Nuevas Voces

Contenido

Prólogo

Ger es el payaso silbador, un personaje que ha compartido reflexiones relacionadas con sus vivencias, sustentadas en lecturas variadas y aderezadas con una imaginación fértil y abundante. Comparte un mundo de pensamientos que ha considerado oportunos para la construcción de un camino vital, lleno de luz y gracia. Senda destinada para compartir y discernir sobre visiones de vida; ruta desprovista de conceptos rebuscados, dogmas inflexibles o marcos teóricos robustos. El payaso silbador comparte conceptos y frases de personajes reconocidos contextualizándolas en charlas gratas con las cuales comparte su esencia para que las cosas terminen bien.

A través de treinta reflexiones, Ger muestra un mundo de ideas y sentimientos que ha descubierto a través de su vida, cosmovisiones comunes tanto para el escritor como para sus posibles lectores que son iluminadas durante el trayecto realizado por el payaso silbador. Cada apartado describe lo que ha observado o transformado a través de analogías que alimentan su cotidianidad para que *las cosas terminen bien.*

Las cosas terminan bien es un libro reflexivo sobre los gratos e ingratos momentos cotidianos y cómo, a través del optimismo, se procura que las cosas terminen bien.

Se adiciona, en algunos casos, diversión y frescura a la narrativa para sorprender al lector; en otros, se podrán identificar conexiones entre capítulos para hilar el mensaje oculto del escritor.

De esta forma, para que *las cosas terminen bien...* se deben brindar aplausos y abrazos para el payaso silbador.

Vanessa Hernández Rodríguez

I
El payaso

«Si las cosas terminan de un modo diferente es porque aún falta concluirlas» se escuchó en una conversación entre el payaso silbador y sus colegas, todos complacientes con sus disfraces de colores y rostros pintados, compañeros de ilusiones y sueños, cómplices en las risas de su audiencia.

> Para quienes los conocen, estos payasos son especiales y, además de hacer reír, se divierten con reflexiones claras y pensamientos profundos. Hay quienes dicen que deberían dejar de ser payasos y ser instructores de vida. Si hicieran una u otra actividad de manera independiente, divorciada de la otra, perderían su esencia. La existencia y el interés del grupo se sustenta, con precisión, en dicha interdependencia, así pues una y otra se acompañan y posibilitan la visión amplia y grata de la vida.

Ger, el payaso silbador, ha sido encantador y cautivador, al menos eso piensa o siente quien ha tenido el placer de conocerlo. Ataviado con un pantalón marrón con un parche amarillo en la rodilla que malogra cubrir un enorme hueco en la tela; una camisa con rayas horizontales azules y blancas; tirantes lánguidos y longevos; un saco de algodón polvoriento, que se desconoce si alguna vez fue sacudido; y, lo más destacado, un silbido hermoso como el de un jilguero trinando la partitura celestial.

Ger silba con armonía magistral, porta un sombrero de vagabundo y se aferra a un farol. Se ha mantenido a este porque ignora si, por su embriaguez de ilusiones, pudiera perder el equilibrio o, por si acaso, las cosas terminan diferentes evitará su caída.

Ger tiene un rostro pintado de blanco pálido, con mejillas acentuadas con rojo carmín difuminado, tal combinación destaca sus ojos expresivos y brillantes; resaltan ternura, amor y hasta un sentimiento de pena cuando se percibe una pequeña lágrima dibujada que intenta escurrirse por su mejilla.

Ger sabe que al silbar y contar anécdotas su audiencia estará complacida. La determinación para ser payaso radica en su confianza de que *las cosas terminan bien* y que el farol es solo una herramienta de seguridad accesoria.

II
Amistad

Cada semana, luego de cumplir con su función de provocar carcajadas a su audiencia, los payasos se reunían para ahondar en su otro talento: la reflexión.

—Quiero que mi vida camine y termine bien —manifestó el payaso silbador después de varios minutos de silencio preocupante— precioso lujo que atesoro. Investigaré qué significa la noción, convicción y realización a propósito de que las cosas terminan bien.

Silbando, como era su costumbre, abrió el debate con sus colegas payasos. Dieron sus ideas y perspectivas, descubriendo que dicho tema sería inagotable en una charla, pero que valió la pena la tertulia de aquella tarde calurosa.

—Lo normal, sería convocar a los sabios que ha tenido la humanidad y preguntarles —dijo Joe—payaso caracterizado por un traje colorido de globos y un rostro pintado con la sutileza y la innovación de un cuadro de Van Gogh.

El payaso Joe sugirió los escritos de Sócrates, Lao Tse, Confucio, Santo Tomás, Freud y otros más que con menos palabras y más hechos podían gritar en silencio lo que significaría dicha frase, así como también sugirió revisar la vida y obra de la Madre Teresa de Calcuta.

—Un paso más atrevido podría ser explorar la parte vivencial, la trayectoria, los errores y las virtudes, la estabilidad emocional y dejar a un lado la opinión de las vacas sagradas de la filosofía que solo podrían confundir —dijo Sebastián— otro payaso que siempre sonreía y hacía bromas con sentido fraterno y figuraba como alguien al que le gusta vivir sin límites y con adrenalina.

Sebastián acentuó que han existido terapias y especialistas que podrían ayudar en esta tarea; incluso libros, filmes, videos y figuras de psicoterapeutas como Frankl, Bucay, Guterman, que aun teniendo un lenguaje rebuscado resultaría encantador.

El payaso silbador mostró asombro por el tipo de comentarios de sus colegas. Y hasta por un momento pensó que este tema lo llevaría a un callejón sin salida, con más preguntas que respuestas.

En aquel momento otro payaso, Huicho, expresó que: «las cosas a veces salen distintas a lo anhelado o pensado» y que tal postura de que saldrán bien había resultado romanticona e ingenua; bastaría revisar la historia para darse un baño de realidad. Este payaso mostraba la apariencia de un cantante de ópera en una escena escrita por Leoncavallo, con un ropón blanco de pies a cabeza con botones divertidos de colores y una figura de glotón capaz de comer alternando dos piernas de pavo, una en cada mano.

Hay que revisar las guerras, hambrunas, pandemias y conquistas que han dado lecciones a la humanidad para valorar esta consideración a propósito de que las cosas terminen bien. Incluso, reviviendo diferentes momentos de la historia a gobernantes que manipularon de manera perversa a la población para la consecución de sus fines y el acrecentamiento de su poder. Por eso Huicho apostó más por un sentido pragmático y menos filosófico.

Y así más y más payasos opinaron alrededor de la mesa cuando notaron que aquel debate reflexivo además de intenso fue nutritivo, y que, en el fondo, respondió a una inquietud que cada uno trató de responder según como vivía su cotidianidad.

III
Reflexión

En la soledad de su pensamiento, Ger hizo un recuento de las opiniones, con un agradecimiento genuino derivado de la reflexión que habían hecho sus colegas ante su planteamiento. Este cúmulo de opiniones le ha permitido al payaso silbador tomar notas de palabras afines, fortalecer definiciones vagas y en algunos momentos enredar más esa nebulosa que habita en su mente y corazón.

Parece que el convencimiento de que «las cosas tienen que terminar bien» es un elemento suficiente en sí mismo para la traducción de pensamientos en actos mecánicos, para convertir lo intangible en tangible, para que ese elemento de energía se convierta en tiempo y espacio.

Unos lo han llamado karma, armonía, equilibrio, autoconsciencia, amor a sí mismo, deber cumplido; otros lo han conectado con su entorno social, familiar y responsabilidad con el prójimo; hay quienes lo han vinculado con poder, ambición, control, legado; también hay quienes se han descomplicado, definiéndolo con sencillez, como felicidad.

En todo esto surge la determinación, el valor y la voluntad para construir un camino donde la paz y la tranquilidad reinen en la mente y el corazón de los seres humanos.

«Terminar bien» es una concepción vital ambigua y depende del nivel de consciencia, confort, así como también, de atributos que cada ser puede darle a esa palabra. Así el payaso silbador se sumergió en una cueva de pensamiento y se concedió tiempo suficiente para discernir.

IV
Ilusión

Ger, durante su niñez, fue inquieto, soñador y determinado; de esta manera, su mundo fue un crisol de conocimiento y descubrimientos constantes que hacían contraer sus pupilas, como cuando el cotorro cabeza amarilla escuchaba un sonido novedoso.

Siempre silbó bonito, aunque algunas veces desentonó porque su instrucción y práctica estaba en formación. Cada vez que escuchó sonidos interesantes, agradables o distintos, Ger, procuró conseguir su origen e indagó buscando la fuente que los emitía. De manera gradual descubrió que aquellos silbidos eran únicos y que cada ser constituía una suerte de formador o instructor.

«Las cosas tienen que terminar bien» fue una propuesta que siempre rondó la mente del payaso silbador desde joven. Convencido, fue diseñando su mejor traje para, algún día, hacer su entrada triunfal en una carpa con una audiencia multitudinaria.

Los payasos han sido aplaudidos por la gente, vibrantes y extrovertidos, dignos de mover masas y sacar las mejores sonrisas del público. ¿A quién le disgustaría ser un payaso famoso?, se preguntó Ger.

Su silbido, único y distintivo, tarde o temprano, sería reconocido, así como también su aspiración a ser payaso se cumpliría.

Al principio, el payaso tuvo un maquillaje fresco y jovial, brilloso como la luz que proyecta una montaña nevada con el sol al amanecer. Al inicio, pudo prescindir del farol para sostenerse y de su botella vacía. Con el paso del tiempo, los temores crecieron al igual que la necesidad de aferrarse a su farol. Cuestionó este nuevo sentimiento y, supuso que, ese fue el precio que tuvo que pagar por haber crecido.

El tiempo pasó, sin darse cuenta, aquel farol y aquella botella vacía, formaron parte del acto de entretenimiento del payaso. Se percató que los aplausos anestesiaron la inseguridad que había crecido con raíces silenciosas y preocupantes.

Ger conocía la complejidad del mundo. Sabía que existían distintas carpas y payasos con un público, in crescendo, exigente. Esto, en ocasiones, lo puso nervioso porque notó que algunos colegas talentosos, por lo general, venían de una cepa de actuación instruida. La competencia sería difícil, decía.

Instrucción, disciplina y determinación constituyen la clave para destacarse en el mundo de los payasos. Ger se lo repetía con frecuencia; por lo tanto, «todo tiene que salir bien» y hacer bien cada acto tiene resultados positivos.

Un buen día, uno de los mejores circos le abrió las puertas a Ger para una audición; hasta ellos llegó la noticia de un payaso silbador que, tal vez, podría ser un éxito para la audiencia; público exigente que pedía novedades y diferencias. Y ahí estuvo entusiasmado, ansioso, demostrando su talento.

La interpretación del silbador fue convincente, aunque solo maravilló a algunos dueños de circo, uno de ellos le brindó una oportunidad para actuar, crecer y desarrollar su talento. De aquella manera, Ger ingresó a una carpa prestigiosa.

Las raíces del farol siguieron abrazándolo de manera desordenada su cuerpo, ya no era una realidad sino parte de su camuflaje como figura circense. Olvidó, en un momento de su trayectoria, por qué tenía que aferrarse. El payaso silbador mimetizó al miedo, pero este ya no lo afectaba porque fue parte de un acto ensayado. Pareció regocijarse con aquella situación.

V
Músculos

Ger, Joe y Sebastián se reunieron con frecuencia para convivir, reír e incluso para solidarizarse ante alguna situación o preocupación que estuvieran viviendo en un momento determinado. Son payasos con personalidades diferentes, pero con una perspectiva común en torno a la amistad, la lealtad y el respeto. Con frecuencia se enfrascaron en diálogos que fueron improductivos pero que desahogaron su abanico de percepciones, emociones y pensamientos.

Cada uno de ellos se forjó en su juventud alrededor de la cultura del esfuerzo. Lo hicieron con ahínco, independencia y unas ganas enormes de conquistar al mundo como payasos. Fue en una ocasión que coincidieron en un circo cuando se conectaron, de manera gradual, sin ningún otro interés adicional que el de ser buenos compañeros y, en ocasiones, cómplices de travesuras. A partir de aquel entonces se convirtieron en amigos entrañables.

Los tres payasos acumularon una experiencia envidiable en relación con sus pares. Viajaron por países de todos los continentes, conocieron de historia y cultura universal, de deportes u otros aspectos variopintos del saber humano; dominaron las bromas de actos de la vieja escuela, pero, de manera simultánea, apreciaron los aportes novedosos de la tecnología. Degustaron platillos exquisitos y cataron bebidas exóticas, tales aderezos salpimentaron sus tertulias maravillosas después de los actos circenses. Y las bromas recurrentes y necesarias, poblaron de risas aquellos instantes aunque ya sabían de antemano como culminaban las distintas versiones y los chistes que amenizaban aquellas reuniones.

Cada uno de ellos tenía al menos un acto que garantizaba los aplausos del público respetable. Su trabajo fue destacado cada vez que actuaron, así fuera en un circo modesto, en un pueblo pequeño, o en una carpa espectacular y abarrotada. La solvencia profesional fue destacable y digna de comentarse.

Sin darse cuenta, con el paso de los años, en el contexto de la amistad de estos payasos se desarrollaron sinergias y se fortalecieron algunos pincelazos de músculos que todo ser humano debería ejercitar —en el budismo y en la lengua palí les llaman *paramís*— y se refieren a cualidades mentales que debe perfeccionarse para eliminar el ego: renunciación, moralidad, esfuerzo, sabiduría, tolerancia, verdad, determinación, amor, ecuanimidad y caridad.

A los payasos les fue esquivo tal estado mental aspirado, pero al menos se rieron e intentaron pasarla bien, de manera auténtica, y sin otro propósito que prodigarse cariño y motivación entre ellos.

Sin embargo, los tres payasos tuvieron un cúmulo de defectos, que compartieron en diversos momentos; algunas veces, hasta pareció una competencia sobre cuál de ellos registró las mayores desgracias.

Ger valoró demasiado aquella convivencia, a tal grado que domesticó algunos principios ajenos y fue registrándolos, paso a paso, en su ADN. Con el paso de los años el payaso silbador fue un híbrido construido con los parches de todos sus amigos; por lo tanto, fluctuó su espíritu entre aquel joven soñador y convencido «de que todo tiene que salir bien» y una persona ecléctica que tomó un poco de varios lados para complementar su cosmovisión.

VI
Aceptación

Ger disfrutó los momentos de soledad. Lo acompañaron ilusiones, recuerdos y fantasías. Cuando terminó sus actos como silbador, a veces giró el sombrero con su dedo índice y lo aventó al techo tal cual Charles Chaplin.

El payaso Ger caminó gustoso y sin rumbo aparente, en ocasiones, por la urbe. Disfrutó de los bosques frondosos con aire fresco. La vida contemplativa es mi fuerte y mi suerte, se dijo así mismo de vez en cuando mientras realizó aquellas caminatas.

Esto le recordó con agrado sus orígenes y se retrotrajo sobre sus pasos para deleitarse sobre lo bueno que había construido, pero en aquellos recorridos, hubo ocasiones en las cuales las culpas y los errores cometidos fustigaron su consciencia. El payaso silbador fue testigo fiel del corolario del mantra que señala: la ansiedad es «exceso de futuro»; la depresión «exceso de pasado» y el estrés «exceso de presente». El payaso vivió con tales elementos de manera frecuente.

El payaso silbador tuvo una percha de viajador experimentado por el mundo. Al inicio fue distinto. Incluso hizo el ridículo, en distintas oportunidades, en aeropuertos, museos, teatros y restaurantes. A medida que su éxito creció y su fama se extendió, las fallas y los desaciertos también lo hicieron. Fue normal y, a veces, divertido cometer errores. Sus silbidos en ocasiones sonaron tan desafinados que rompieron los cristales, a tal grado que, en varias oportunidades, tuvo que ser suplantado por un violinista llamado Laszlo Loszla.

Lo suyo fue silbar. Aunque a Ger le hubiera gustado tocar piano, violín y cello, reconocía sus limitaciones y su instrucción deficiente. Se conformó con ser un degustador bueno de la música, sin la pretensión de ser un melómano exquisito. En los actos circenses se le reconoció como silbador, más que como músico y lo aceptó. Así lo quisieron y lo respetaron.

A los payasos les ha gustado ir al teatro y han disfrutado de la expresión máxima de los actores en un escenario para mostrar su talento en la oratoria, el canto, la danza y el lenguaje corporal. Ger y Sebastián recordaron con frecuencia el sentimiento de esa primera vez, sentados en una butaca de teatro, sintiendo el ritmo sonoro de la orquesta y cómo la música llevó de la mano la puesta en escena. *Los miserables* y *El fantasma de la ópera* quedaron grabadas en el alma del payaso silbador.

VII
Libertad

«Las cosas tienen que terminar bien» siguió resonando en la mente del payaso silbador. Se tuvo la libertad de elegir el rumbo, se supo que elegir lo bueno es grato; se conoció que lo bueno brinda paz; en consecuencia, esta brindó la armonía necesaria para que la felicidad fuera plena; en todo caso, ni ayer, ni mañana: ¡felices hoy!

Entonces, ¿por qué el ser humano ha sido infeliz? ¿Por qué se han saboteado las acciones para que las cosas terminen bien? Es posible que haya sido por el miedo, la pereza o la dificultad de desprendimiento y el apego haya sido parte de la respuesta.

Ger supo que el miedo es intrínseco a la naturaleza y al ser; el problema es que además de tener miedo, le comentó el payaso silbador a su consciencia, el asunto ha residido en la manera cómo se ha enfrentado dicho miedo con inteligencia y valentía. Suele suceder que al enfrentar los miedos se ha descubierto que dichos temores fueron sobredimensionados.

El miedo ha merecido una cantidad de estudios diversos, reflexiones y frases a lo largo de la historia de la humanidad. Aun así, ha obtenido respuestas insatisfactorias y sigue siendo un elemento que atormenta a la vida emocional.

Algunos sabios han sostenido que el miedo es un indicador clave o la advertencia que refrena y que, en consecuencia, deben ser realizados los cambios para superarlo. Para el payaso silbador el miedo se le ha revelado en sueños, trastocando su tranquilidad con notas de remordimiento y ansiedad; por esta razón, es posible que su farol y su botella vacía sean asideros para sobrellevarlo.

Por otro lado, la pereza ha sido un hábito adquirido que desvirtúa al ser humano; por consiguiente, ha de ser uno de los vicios silenciosos más nocivos de la conducta humana; en todo caso, ha invita de modo autoindulgente a «tomar descansos» antes de que el cansancio invada al ser. Por lo tanto, es la pereza para pensar, para sentir, para aprender, para actuar; en fin, pereza para vivir.

En algunas religiones, como el cristianismo, la pereza es considerada uno de los pecados capitales; en otras, como el islam, se predica para superarla quitando el velo del corazón, consiguiendo la guía y la fe.

En la vida moderna la pereza puede ser traducida como falta de productividad o de crecimiento. Los perezosos siempre hablan de lo que piensan hacer, lo que deben hacer. Ger y sus amigos payasos platican con frecuencia sobre este tema, pero algunas veces ellos mismos la practican. Y uno de los miedos posibles del payaso silbador es convertirse en perezoso.

El desprendimiento de las cosas y de sí mismo puede conducir al ser a un nivel superior, de nirvana, de contemplación de la vida. Lo han manifestado teóricos de gran renombre con palabras y frases más complejas, pero practicarlo es un asunto distinto y superior.

Ni Ger, ni ninguno de los otros payasos con los que se ha reunido con frecuencia han conocido a un ser que cumpla con tal característica de libertad. Parecería un término abstracto, un estadio de aspiración al que nunca se llega, pero que cuenta con la aceptación de la mayoría.

Es probable que existan grados de desprendimiento o desapego. La vida moderna, la tecnología y requerimientos de conductas de la sociedad de consumo esclavizan y, hacen dependientes de lo material, a los seres humanos.

Se sabe que el desprendimiento va más allá de un aspecto material; es desprenderse de ataduras ideológicas, de relaciones tóxicas, de conductas contrarias a lo que dicta la consciencia.

Es un rompecabezas, en apariencia, desordenado, pero con un orden subyacente.

El concepto de libertad lo es todo. Al payaso silbador le ha gustado esta idea, pero la ve lejana, hasta utópica; empero, ha reconocido que es necesaria cultivarla en la mente de para iluminar el camino y evitar las veredas cómodas que algunas veces resultan contraproducentes.

VIII
Agradecimiento

Dante Alighieri en su obra *La divina comedia* precisó que el infierno es un enorme cono dividido en círculos, cada uno más profundo y estrecho que el anterior, allí a cada alma le corresponde un círculo dependiendo el tipo de pecados que cometió durante su estancia en el mundo terrenal. Así los círculos son: limbo, lujuria, gula, avaricia y prodigalidad, ira y pereza, herejía, violencia y fraude y por último la traición.

Llama la atención que la traición sea el peor de los pecados. Ger y sus amigos payasos coincidieron que los traidores merecen ser ignorados. Entre amigos es factible equivocarse y perdonarse lo que sea, dijo con seguridad el payaso Sebastián, pero nunca ha de tolerarse a la traición.

Pero ¿qué pasa si la traición es hacia sí mismo? ¿Si los actos van en contra de los pensamientos o sentimientos? ¿Si se es incongruente consigo mismo? Entonces parecería que en ese círculo destinado a lo peor de este mundo es propio, sin el merecimiento, ni siquiera, de tener amigos.

El payaso silbador sostuvo que estar desalineado con los pensamientos ha generado sentimientos de remordimiento en el ser humano. De repente se ha llorado, reído y ha estado nostálgico o efusivo por recuerdos que fueron grabados en el inconsciente. Se han podido sentir tales emociones como si hubieran sido ayer, aunque pueden haber tenido varios años radicadas en el ser. El inconsciente es atemporal, han sostenido algunos psicólogos. Es posible que Ger duerma intranquilo por dicha situación.

Uno de aquellos días de tertulia, Ger descubrió un camino para sanar ese sentimiento de culpa o remordimiento:

fomentando el agradecimiento sincero a lo que se tiene, a lo que se es, a las demás que han contribuidos con el mejoramiento de todos los aspectos, a respirar, a vivir, etc.

Esa pequeña palabra llamada «agradecimiento» podría ser un poderoso elemento para mitigar las dosis de remordimiento; y de esa manera, conducir a lo que Kalifas mencionó como «dormir tranquilo».

Kalifas además de payaso es experto taquero, domina las esquinas del buen comer callejero, es un amigo íntimo de Ger; desde que eran pequeños convivían y hablaban como adultos como si fueran conocedores expertos de la vida; y la frase de «dormir tranquilo» ha sido una de sus favoritas.

Para que las cosas terminen bien es necesario cultivar el agradecimiento entre los seres y, en especial, en esa relación consigo mismo y con los demás.

IX
Naipes

«Cuando las cosas están revueltas y confusas» los seres son ingratos y maldicen por lo que le está pasando; les resulta inexplicable por qué tal situación o condición; se culpa a todos y hasta se señala a la mala suerte como el origen de las desgracias.

El payaso Ger ha conocido este tipo de pensamientos; es más, en varias ocasiones ha pensado que ha sido un desgraciado. Luego se le ha pasado y se ha dado cuenta que al contrario, ha sido bendecido por la vida y que todo lo que le ha pasado es resultado de sus actos.

La vida de cada payaso es la partida de naipes que le tocó en este juego como diría el psicoanalista Bucay; cada juego es diferente y lo que hagan de ahí en adelante depende de ellos. Así que cada quien debe hacer lo mejor que pueda en esa partida llamada vida.

En ocasiones se piensa que la vida es peor que la del resto. Se está equivocado. Se confunde la falta de resultados con el rumbo. La frustración es mala consejera. En cambio, la determinación y el convencimiento de «que las cosas tienen que terminar bien» puede ser un elemento poderoso para avanzar en la partida de naipes.

Y Ger recordó que, en varias ocasiones, sus actos han terminado peor, con abucheos del público y hasta palabras altisonantes que bajarían la moral de cualquiera. A tal grado llegó que pensó en retirarse de payaso y cambiar de profesión. Le costó asimilar que los resultados fueran negativos. Y paso a paso, con acciones congruentes y pequeños avances, sus actos mejoraron y volvieron a ser del agrado de la gente; de ese modo, descubrió que la vida tiene altibajos con momentos que dan la ilusión de tocar el cielo y otros en los que el abismo pareciera insondable.

Los actos de los payasos estarán expuestos a circunstancias e improvisaciones, se escuchó decir de repente a colegas veteranos. Complacer a la audiencia requerirá adaptación para los momentos difíciles, superación de los problemas personales que limitan el desempeño y sacar chispas del talento para afrontar situaciones especiales. Nadie estará exento de enfrentar cambios súbitos en los actos y el comportamiento del público. La valía del payaso se mostrará también en su poder de adaptación a esos momentos complicados.

X
Fútbol

El fútbol es un deporte que se juega en equipo, pero donde los individuos pueden brillar y más si se logra un correcto funcionamiento colectivo. Existen diversas maneras de ganar.

En una más de aquellas divertidas tertulias vespertinas, los payasos hablaron de fútbol como una manera de expresión de la cultura y visión de los países. Ger está convencido que la selección de fútbol de un país refleja características de dicha nación y de la evolución que tienen frente al mundo. Y un mundial de fútbol es un crisol de esas personalidades que habitan en este planeta unidas por un balón.

De este modo los alemanes tienen como característica esencial la de ser disciplinados, incansables aunque vayan perdiendo y contundentes cuando tienen oportunidades; los brasileños, por su parte, se inclinan más hacia el juego bonito y sobresalir con jugadas llamativas aunque luego pierdan el orden; los italianos son recios, firmes y calculadores, esperando el error del contrincante; los argentinos son cancheros, talentosos y castigan cuando tienen una oportunidad; los holandeses son creativos, innovadores en las estrategias y atrevidos; los españoles han aprendido un poco de todos y son cada vez mejores jugadores; los franceses son fuertes, rápidos, talentosos; los gringos son metódicos, disciplinados y persistentes; los japoneses son versátiles, veloces y aguerridos. En fin, cuando se describen estos rasgos del fútbol, parece que se hablará de personalidades y conductas humanas.

Ger practicó el fútbol de niño con tal entusiasmo y entrega contagiosa para sus compañeros y los resultados favorables alimentaron cada vez más el interés de mejorar y el compromiso de los que conformaron el equipo. Los jugadores se sintieron especiales, únicos y con sueños inconmensurables.

Si hay que caracterizar al payaso Ger por su manera de jugar fútbol podría decirse que tuvo una influencia cultural española. Aprendió un poco de acá y allá, sin tener un estilo definido, pero funcionó. Ecléctico, lo podrían llamar.

El fútbol tiene preparado ese camino de retos y obstáculos que deben ser superados, se dijo a sí mismo el otrora niño silbador. Y de repente empezaron a emerger situaciones que alteraron las cosas y la ingenuidad del juego se alteró también. Es probable que esto ocurra entre los países que se estancan con en este deporte porque son inconstantes con el ímpetu que sus niños demuestran cuando lo practican de manera desinteresada. Parece que existe un chip en su conducta que hace que se detengan. Este sentimiento parece haberse abonado de repente en el payaso silbador.

La seguridad y autoconfianza del payaso silbador pareció trastocarse, por momentos, al carecer de una definición clara de su juego y fue en aquella etapa incipiente de niño futbolista cuando acaecieron sus primeras manifestaciones. Una especie de autosabotaje se desarrolla en los seres humanos que al ser desatendidos afectan la estabilidad y la armonía.

Tomando la analogía del fútbol es conveniente que exista en la conducta humana un poco de esa disciplina alemana, un poco el marcaje férreo italiano, la picardía del argentino, sin perder la innovación del holandés, la sagacidad del francés, la fiereza del japonés, el método de los gringos y lo ecléctico de los españoles. Por supuesto que será una exigencia superior, pero al menos valdrá la pena tenerla anotada en ese camino orientado a que las cosas terminen bien.

XI
Música

Platón decía:

> La música es una ley moral. Ella da alma a nuestros corazones, alas al pensamiento, impulso a la imaginación. Ella es un encanto a la tristeza, a la alegría, a la vida, a cualquier cosa. Ella es la esencia del tiempo, y se eleva por encima de toda forma invisible, sin embargo es resplandeciente y con pasión eterna.

De esta forma la música es inherente a la vida. La música acompaña al ser todo el tiempo y refleja el estado emotivo, ya sea en una etapa prolongada, en un día o un instante.

El payaso silbador ha tenido buenos amigos que lo han orientado en el transitar hermosos de la música. Desde pequeño tuvo influencia de aquellos vecinos de su comunidad que sonaron sus gramófonos modernos con discos de vinilo y arreglos musicales vinculados a la cultura del club y la discoteca. En tales lugares los jóvenes bailaban de forma libre y diferente, con vestimentas coloridas, otros con versiones de gatsby modernos, algunos más con atuendos rudos; en fin, una etapa divertida, influenciada por lo que sucedía en otros países y que definió a una generación.

De esta forma, Ger caminó por las calles y escuchó por las ventanas de las casas canciones de: ABBA, Gloria Gaynor, The Bee Gees o Dona Summer. Otras veces, se topó con personalidades más rebuscadas y con un aliento falso de rudeza escuchando: The Queen, The Who, The Rolling Stones o Jimi Hendrix.

En las conversaciones entre jóvenes oyó sobre el comercio de acetatos en diferentes revoluciones e incluso colores, los sitios de moda, las tiendas exclusivas donde se podían comprar lo último en música que se escuchaba en Estados Unidos o Inglaterra.

Fue la época de la vibrante zona rosa de la Ciudad de México y aunque fue un lugar para adultos, distinto y difícil para niños como Ger y sus amigos, hasta sus pueblos llegaron los rumores de un espacio de encuentro llamado Zorba Music, donde los jóvenes escarbaron en los muebles esperando una señal divina que les indicara qué comprar.

Como a Ger le ha gustado silbar y desconocía su alcance, todas estas canciones y arreglos de alguna forma trataron de reproducirse en sus silbidos.

Años más adelante, ya con el furor de los casetes y los reproductores modernos en los autos, surgió una década musical que conectó la disrupción de años anteriores con una cultura de consumo más acentuada y el uso de nuevos instrumentos electrónicos.

Fue el desarrollo masivo de la cultura pop y también de la contracultura del punk, la psicodelia y el rock en diferentes idiomas.

Fue la época donde la mercadotecnia se convirtió en una herramienta eficaz para las empresas, donde los jóvenes desconocieron si son parte de esta historia o el medio para cumplir los fines de los gobiernos y empresas.

Surgieron íconos globales del pop como: Michael Jackson, Madonna, The Police, Journey y una lista abundante de grupos y canciones que Ger silbó de memoria. En España, Argentina, Chile, México u otros países, surgieron movimientos propios de alta calidad. Incluso surgieron famosos de un éxito que después se perdieron en la ignominia del olvido.

Fue una época de cambios, de crisis permanentes, donde los movimientos sociales y avances tecnológicos aceleraron las cosas dando una sensación a los jóvenes de caminar en un piso elevado de cristal viendo al vacío. Con la adrenalina al tope, el futuro parecía distinto a lo que sucedería, sería lo que construiría. Y así pensó el payaso silbador.

Aquella época fue la de mayor influencia en la formación de Ger. Ahí se moldearon gustos, admiraciones y paradigmas que incluso aún prevalecen. El payaso si bien careció de habilidades para tocar instrumentos musicales, fue un promotor de la música de la época con gustos y tendencias.

Después vinieron otros momentos de influencia para el payaso silbador. Conoció a amigos como Kalifas, otro payaso talentoso que, a la postre, se convirtió en uno de sus mejores colegas. Con él descubrió el significado de lo poco convencional, de la crítica a lo masivo, de explorar otros caminos: la música urbana, el rock alternativo, las canciones con letras de protesta, el valor por música latinoamericana... en fin, otro mundo cautivador.

Este tipo de descubrimiento permeó bien en la mente de Ger. Al inicio le costó comprender, pero paso a paso se dio cuenta que estaba aprendiendo a escuchar, sin restricción, otras opciones musicales.

De repente descubrió la música clásica, las composiciones que acompañan las obras de teatro, las arias de tenores memorables como Carusso y Pavarotti en óperas de Puccini, Verdi o Bizet, quedando maravillado. Al inicio, en realidad, tampoco lo entendía, luego lo entendía un poco menos; sin embargo, parecería que sus sensores del alma estaban dispuestos a sentir más. Y fue así como encontró directores eximios como Ennio Morricone, Andrew Lloyd Weber, o músicos virtuosos como Izthak Perlman, Lang Lang, Yo-Yo Ma. Fue un camino sin retorno para el payaso silbador.

Ger fue descubriendo que existe un alma vieja que vive en él. De la mano del *easing listening* de Frank Sinatra, el sentimiento de Edith Piaff, el sufrimiento de Jacques Brel, lo cautivador del *rock blues* de Elvis Presley, lo elegante de los tangos de Gardel, lo campirano de Mario del Mónaco, lo emotivo de Louis Armstrong, lo romántico de Agustín Lara, la intensidad de Toña la Negra, la alegría de Compay Segundo, músicos y compositores que, con su virtuosismo, dieron testimonio de que lo bueno siempre perdurará y que las «cosas deben terminar bien».

XII
El virus

Viktor E. Frankl, psicoanalista de origen judío que sobrevivió al holocausto nazi en Austchwitz y que, durante su estancia en esas fábricas del terror, fue testigo de lo peor y lo mejor pueden hacer los seres humanos. Con el paso de los años, Frankl se convirtió en un estudioso del análisis existencial y de la conciencia espiritual del ser humano.

Observó a pintores, escritores e investigadores que se aferraron a vivir porque tuvieron el propósito de concluir una obra, descubrir una vacuna o escribir aquella partitura que soñaban, en fin, un acicate que los motivara a luchar. En cambio, también observó a otros seres humanos que se rindieron y dejaron de aletear, muriendo por falta de motivación y deseo.

En una ocasión el payaso silbador leyó uno de sus libros y quedó impactado con una de las frases: «Si la vida es irremediable ¡Suicídate!» Le dijo Frankl a uno de sus pacientes que atendía con comodidad en su consultorio y que con insistencia le repetía que su vida era una desgracia en el amor, las deudas que lo ahogaban, un trabajo sin reconocimiento... en fin, todo negativo. Y después de escuchar este firme cuestionamiento, el paciente con rapidez le contestó: «¡Doctor, tampoco es para tanto!... ¡Vine aquí por ayuda y me dices que me suicide!». Y revirando, ahora el doctor le pidió explicación de las razones que dan sentido a que siga vivo.

Después del encuentro con tales frases, Ger se convenció de que las cosas han de terminar, por lo cual se precisa tener claridad en las razones que le dan sentido a la vida; aunque, con frecuencia, existen virus de pesimismo que nublan al pensamiento.

Ger sintió un virus incurable. Un agente infeccioso poderoso que omnibula al ser, como neblina que cubre al valle, borrando la memoria, la consciencia y los sentimientos de aquellos que lo habitan; bloqueándolos de manera permanente. Este virus pandémico se multiplica a altísima velocidad y afecta muchísimos valles. Es parecido a la neblina que refirió Ishiguro en sus relatos medievales.

Los payasos, en varias ocasiones, compañeros de Ger han conversado en torno a dicha enfermedad. Admiran a aquellos que han demostrado una determinación para lograr propósitos que lucen imposibles; así como también, a los talentos que, después de pulirse, brillan como la mejor plata del mundo.

Para mejorar su visión sobre este tema, han sumando al debate a otros payasos que tienen más experiencia y conocimientos sobre la medicina y la investigación. Hay una payasa dedicada a la ciencia, se llama Blu. Esta mujer está obsesionada con la tecnología y los experimentos y su opinión asertiva ayudará a desentrañar la noción y los alcances del virus.

Blu es una payasa científica que se pinta la cara con diferentes pantones de color azul; trae una bata de laboratorio puesta que la abraza, como si tratase de cubrir a un oso polar, aunque se trata de un ciervo bien proporcionado; pantuflas desproporcionadas, con una bola blanca de estambre en la punta; botones adornados con gomitas de colores y un reloj azul relleno de confeti que detecta las más diminutas ondas de amistad y afecto de la gente. Tal vez fue por eso que se sentó en la mesa con los demás payasos, a pesar que su personalidad y apariencia fue diferente a la del resto de payasos.

El virus sí tiene cura, afirmó Blu. Además de la ciencia, la cura es la voluntad de millones que demuestran día a día su compromiso de darle sentido a su vida. La cura se encuentra en la capacidad de resiliencia que tiene el ser humano, registrado en su ADN y en las células del alma, que solo falta alimentarlas con mejores proteínas para que hagan su labor.

La resiliencia es la mejor proteína, señaló Blu, que después de décadas de investigación ha dado seguimiento a nivel molecular en seres que son capaces de activarla y otros incapaces de hacerlo. Es una poderosa proteína capaz de infiltrarse en el ser y la conciencia. La autoridad de esa globulina es tal que nada puede bloquearla y todo lo puede lograr.

Así que aquella neblina densa, que favorece al pesimismo, se puede desvanecer con el viento, proveniente de los seres de bondadosos que sacan a relucir su convicción por la vida Gracias a dicha proteína todo se soporta,.

¿Y cómo se llama esta proteína?, preguntaron todos... voluntad dice Blu con voz tersa, pero firme. Sorprendidos quedaron los payasos con la contribución y el payaso silbador asintió con una sonrisa de convencimiento.

XIII
Los tacos

Kalifas es un payaso intelectual, seguro de sí mismo, buen lector y amigo de un buen número de payasos como Ger, pero con una debilidad evidente: los tacos, ya sean estos de carnitas, de cueritos, de bistec, de pastor, de barbacoa, de birria, de chiles rellenos, es decir, lo que sea, siempre y cuando estén deliciosos.

Este payaso ha sido capaz de recorrer largos trayectos y distintas ciudades para deleitarse con aquellos tacos que son consideran excepcionales. Poco ha importado el tipo de contenido del taco, ni el color de la tortilla, ni el plato que lo sostuviera y menos el polvo que lo cubriera. Solo ha importado la ceremonia de comerlos con salsas ricas, limón y sal, en un ritual sagrado que solo comprenden el taquero y su comensal.

Y el payaso Kalifas vivía en la ciudad del taco, llena de puestos callejeros que han competido por cautivar a millones de clientes, todos los días, y que transitan en las calles de Ciudad de México.

La cultura del taco trasciende los sentidos y ha merecido blogs y documentales. Los extranjeros quedan maravillados del sabor, los colores y hasta la postura de comer los tacos sin escurrir una gota o mancharse los ropajes. Y quedan convencidos que se trata de una de las mejores comidas del mundo.

En sus años de juventud, Kalifas tuvo una influencia determinante en la vida del payaso silbador. Además de mostrarle aquella cultura extraordinaria del taco, compartió una cultura urbana donde lo más importante ha residido en los seres, en sus vivencias, en su música, en sus protestas, en su capacidad de sobrevivir a un mundo a veces agresivo, y a veces injusto.

Con el paso de los años, el payaso silbador ha pensado que, para las cosas terminen bien, es necesario el desarrollo de la cultura del taco en su acepción más amplia: fortaleciendo las relaciones desinteresadas; aprendiendo y comprendiendo las historias de los comensales; atreviéndose a comer de todo, aunque a veces se trate de gusanos, ojos y sesos de mala apariencia; desarrollando la capacidad de sobrevivencia; siendo capaz de recibir y brindar cariño y afecto a extraños, por mencionar algunos significados de tal amplitud.

La cultura del taco es incluyente ya que es inofensiva, nada le importa el estatus socioeconómico. Es democrática, todos tienen libre acceso y elegir de acuerdo a sus posibilidades. Es participativa, sin distinciones para mujeres u hombres, adultos o chicos, de todas las orientaciones sexuales o políticas. Culturas similares deberían regir la vida, afirmó el payaso silbador.

XIV
Errores

«El único que deja de equivocarse es el que nunca hace nada», dijo Goethe. Y es cierto. Los yerros forman parte de la vida a tal grado que moldean el comportamiento, por lo tanto, deja ser casual que miles de frases y afirmaciones se relacionen con el tema del error. Escritores, filósofos, eruditos, religiosos del mundo entero, en distintas épocas se ocupado de la importancia de reconsiderar a los errores y aprender de ellos. Porque sobre lo errado pueden hacerse correcciones y mejoras, sobre la inacción u omisión, en cambio, nada puede hacerse.

En ocasiones los errores provocan sufrimientos. Se vuelven lápidas pesadas, cadenas de frustraciones, angustias y limitaciones que ensombrecen a la aspiración humana llamada felicidad.

Para el budismo el origen del sufrimiento radica en la incorrecta percepción de la realidad que surge de los deseos y apegos que se tienen, donde los sentidos traicionan e imposibilitan ver las cosas como son, sin manipulaciones o matices.

Otras veces los errores son fuente de inspiración, experiencia y sensatez para la superación de obstáculos, la innovación, el descubrimiento y el crecimiento. La realidad demuestra que «se ha nacido para cometer errores y aprender de ellos, lejos de fingir ser perfectos» los seres ensayan, proponen, planean y en el intento comenten errores. Por lo cual, es importante descubrir tales yerros, en especial los de sí mismos.

Blaise Pascal sostenía que: «en la ciencia la mayor parte de los errores proviene no de malos raciocinios basados en hechos bien estudiados, sino de raciocinios bien establecidos basados en hechos mal observados». El conocimiento verdadero radica de nuevo en la percepción correcta de la realidad, como decían los antiguos filósofos griegos.

«Hasta parece que me premian para cometer errores», dijo alguna vez el payaso silbador a sus amigos en una de esas tardes nostálgicas.

El instinto animal identifica peligros y advierte, de alguna forma, cómo anticiparse a los errores que pueden cometerse, reflexiona Joe; sin embargo, aunque se conozca de antemano el resultado se niega a aceptar la realidad.

Es una conducta humana sobredimensionar los beneficios y subestimar los costos de las acciones, complementa Huicho.

Ha sido, otra vez, un problema de percepción y hasta de cobardía. El reconocimiento de la realidad que se vive, ha resultado una máxima ineludible, a partir de la cual, debe ser asumida cada consecuencia de los actos, de ese modo se aprenderá de los errores, remata Sebastián.

El miedo y las fobias podrían ser factores para la percepción incorrecta de la realidad. Miedo a intentar, a pensar, a las expectativas, a la decepción y a cometer otro error. Puede sea encontrado, de esta manera, el error superior.

Para que las cosas terminen bien y lo que exista se encuentre bajo el dominio de la causalidad, es necesario mejorar la habilidad para percibir la realidad, sin distorsiones ni intereses, y aprender de los errores de una manera sincera y honesta.

XV
La multitud

La Foule es una canción famosa interpretada por Edith Piaf en la década de los años cuarenta, narra como el amor de su vida es, en un inicio, arrimado por una multitud ruidosa, alegre y desordenada; para después, ser alejado para siempre por la misma muchedumbre, dejándolo con una tristeza profunda.

Esta canción parece una analogía con el vaivén de la vida de algunos payasos. La multitud los lleva y los trae con sus aplausos. Las risas de la audiencia parece llenarles de entusiasmo y la apatía vaciarlos. Y también da cuenta de la rapidez al pasar de un momento efusivo a otro trágico.

La vida del payaso silbador ha sido una montaña rusa de emociones, arrimada y desplazada al mismo tiempo por esa multitud a la que Piaf hacía referencia en su canción. Ha tenido momento de aplausos y reconocimientos para tocar los cielos más azules y también situaciones lúgubres que lo sitúan en un abismo oscuro y desolado.

En una vida así, parece que vivir con dificultades sería el camino para aspirar a la felicidad. Pero la intensidad es peligrosa; no es un camino para aquellos que gustan de la estabilidad y la planificación. Hay veredas peligrosas que pueden compensarse con éxitos, pero también podría perder al ser en el camino.

Ger es un payaso silbador que parecía administrar estos vaivenes propios de una personalidad atrevida y entusiasta. Se parecía al payaso Sebastián que, en dicho aspecto y en algún momento de su vida, fue capaz de jugar a la ruleta rusa.

Este tipo de personalidad puede ser atractiva en los picos altos para quienes están acostumbrados a lo aburrido, pero también puede ser objeto de duras críticas en los momentos más bajos para aquellos que garantizan un desempeño estable y estandarizado.

La multitud lejos de ser sabia, es torpe para elegir, es crítica, confusa y errante. La multitud es necesaria, es gratificante, motivante, seductora y te puede llevar a la perdición... como al amor que le arrebató a Piaf.

XVI
El golf

Arnold Palmer, con sus triunfos y actuaciones ha contribuido a la difusión del golf en el mundo, dijo a propósito de dicho deporte: «pareciera sencillo y es de igual manera complicado; satisface al alma y frustra al intelecto. Es, al mismo tiempo, gratificante y enloquecedor y, sin duda, es el mejor juego que ha inventado la humanidad». Aquellos que lo han practicado comprenden el significado de cada una de estas palabras.

El payaso silbador inició la práctica del golf de manera accidental cuando era joven y bello como ningún otro. Ocurrió durante una reunión de payasos donde estuvieron colegas vestidos con gorras escocesas, pantalones a cuadros bombachos, calcetas por arriba de la tela del pantalón y zapatos blancos divertidos, Ger se dio la oportunidad de practicar un primer *swing* con un bastón que ni siquiera sabía usar. El resultado fue el esperado por los observadores, fallido el contacto con la pelota, provocando la risa de los presentes.

Pasaron algunos días y el silbador empezó a practicar ahora con la ayuda de un instructor. Paso a paso empezó a dar impactos efectivos a aquellas pelotas que algunos han llamado «cacarizas» y que se caracterizan por tener 330 o 336 orificios dependiendo las reglas estadounidenses o británicas. De cualquier modo, la sensación de conectar aquellos primeros golpes fue una inyección de adrenalina y motivación que incrementó su interés por este deporte que algunos todavía cuestionan de serlo por considerarlo elitista y para flojos.

—Este juego es adictivo —le dijo el silbador a su mente inquieta para tratar de entenderlo mejor— y ocasionó su afán de practicarlo en cualquier espacio que tuviera. Y así realizaba aquellos movimientos imaginarios en su casa y trabajo, entraba en las tiendas simulando ser un experto y así justificaba su etiqueta de principiante, fue tema de todos los días.

Con el paso de los años, el payaso silbador tomó un nivel mejor en el golf. Se sumó a un grupo de payasos más duchos que al principio se aprovecharon de su desventaja pero que después él equilibró, aprendiendo trucos y estrategias propias del juego.

Aprendió de los torneos más afamados como Augusta National, el US Open y el British Open, y observó por televisión a los jugadores extraordinarios como Tiger Woods, Phil Mickelson o Dustin Johnson. Y cuando fue posible, jugó en diferentes campos, así obtuvo la experiencia de practicarlo en bosques, playas, selvas y desiertos.

El grupo de jugadores estuvo conformado por payasos de diferentes edades, cada uno con su propia historia y vivencias; por ejemplo, hubo quienes se disfrazaron de diversos colores y trajes, con gorros extravagantes y carritos eléctricos personalizados con dibujos o estampas; otros jugadores fueron más reservados pero contaron sus hazañas heroicas, otros fueron don juanes haciendo alardes de sus conquistas de chocolate, y hubo de los que contaron chistes de todos los colores con un buen coñac y puros como aderezos. Pero un asunto cierto fue que aquel grupo se respiró un ambiente de camaradería, respeto y amor genuino por este juego bendito.

El ambiente del golf permitió al silbador conocer nuevas sensaciones y experiencias. Fue un complemento a su vida de payaso que antes se enfocó solo en el entretenimiento de las masas en una carpa.

Un 30 de abril, Día del Niño, Ger realizó un *hole in one* de 140 yardas, asunto por demás especial considerando que la probabilidad de un jugador amateur es 12 000 a 1 y que menos del 1% de los jugadores activos lo hacen una vez en su vida. La sensación de hacerlo fue similar al mejor de los aplausos recibidos durante una actuación circense. Un hoyo en uno requiere de habilidad, pero también… de suerte.

Parece que ahora el golf forma parte de su vida. En ocasiones el silbador se dispone a disfrutar de tardes vespertinas en el campo entre sombras framboyanes, cedros y pinos, e incluso escucha entre las telarañas de los árboles algunas historias de golf, vaivenes de viento, voces ocultas y anécdotas de golpes mágicos que han sucedido. Otras veces prefiere observar los primeros rayos del amanecer para ser testigo del traje de gala que se pone la cancha en ese momento, con el fondo musical del trinar de los pájaros que producen sus mejores sonidos.

Y es así como el golf contribuye a que las cosas terminen bien en la vida de un payaso. Una mala partida, un mal golpe, todo se corrige y desaparece cuando realizas «ese» buen golpe que da la motivación suficiente para regresar y volverlo a intentar. Con la práctica cotidiana se mejora el nivel y la experiencia.

Situaciones parecidas suceden con la vida. Siempre hay que darse la oportunidad de tirar ese buen golpe, de precisión, que será suficiente para regresar al juego, e intentarlo de nuevo cuando las cosas funcionan mal o dejan de funcionar; de ese modo, considerar que la práctica y la disciplina retribuyen el resultado.

XVII
Alegría

La vida continúa y los retos seguirán ahí para ser superados, dijo a sus colegas el payaso silbador, momentos después de haber interpretado con silbidos *A Wonderful World* del saxofonista Louis Amstrong, considerada la mejor canción del siglo XX por su emotividad y mensaje de satisfacción por la vida.

El payaso silbador, enfático, señaló que: «es momento de domesticar a la mente y prepararla para recibir un don perfecto, un regalo superior, un presente simple y gratuito, llamado alegría. Es momento para acumular este tesoro de tal manera que nada se pueda escapar de la vista del alma».

Como buen joven soñador, en una cafetería; sentado en una mesa redonda pegada a una ventana; recibiendo con alegría los tempraneros rayos del sol; bebiendo un café espresso intenso y espumoso; teniendo como testigo a un florero con un tulipán azul, el payaso silbador escribió en una servilleta de papel: «Evito confundir la alegría con la felicidad, aunque quiero correr el riesgo de tener momentos continuos de alegría para llegar a ella. Más aún, si dichos momentos de alegría duran todo el día. Nunca me conformo con menos».

La alegría es la ausencia de la tristeza, así como la oscuridad es la ausencia de luz. Una cosa existe y desplaza a la otra. Parece una fórmula sencilla de llevar a la práctica.

El escritor Anatole France dijo que: «si exagerásemos nuestras alegrías, tanto como lo hacemos con las penas, nuestros problemas perderían importancia». Es cierto. Con frecuencia se pierde la objetividad sobre todos los momentos de alegría que se han tenido durante la vida y se practica la autoflagelación con quejas y lamentos. A lo mejor es distraído que está el ser humano, como dijo Facundo Cabral.

El payaso Ger ha tenido momentos alegres a lo largo de su vida. Ha sonreído recordando algunos instantes vitales. Desde travesuras, metas cumplidas, amigos, canciones hasta completar una lista interminable de vivencias que le brindaron aquellos momentos de alegría. Cómo pasar por alto además que la alegría ha sido mayor cuando se ha compartido con los demás.

Todos los días son adecuados para tener momentos alegres y tener la mejor actitud para lograrlo. Los grados y la temporalidad de la alegría dejan de contar en esta historia. Aún cuando el cielo pueda estar nublado, arriba de las nubes siempre estará soleado todo el día.

Siempre habrá espacio para otro besito más, para un apapacho fuerte, para aquella mejor calificación, para bailar la canción predilecta, para reír con honestidad, para exagerar ese sentimiento de placer y buen ánimo llamado alegría.

Y la mayor alegría puede conseguirse cuando a este guiso se le agrega un ingrediente secreto: «creer, en realidad, que el toque personal hace las cosas especiales» y que tal ingrediente es una excusa para pensarlo.

¿Es así cuando terminan bien las cosas? El payaso silbador está convencido de que sí es así. Y se va bailando a su casa, se moviendo los pies sin coordinación, ni ritmo, pero alegre.

XVIII
Tranquilidad

La tranquilidad es un elemento trascendental en la felicidad de los seres humanos. Es una fuerza poderosa que se traduce en orden y serenidad para la mente, brindando paz y salud.

Sabios de diferentes épocas y lugares han abordado el tema de la tranquilidad y sus reflexiones han convergido en lo invaluable que resulta en una sociedad cada vez más sumida en la vulnerabilidad y la desesperación.

Una vez el payaso Kalifas, en una de sus tertulias, había señalado «el dormir tranquilo» como la verdadera riqueza que da la felicidad. Pareciera que esa frase de hace treinta años todavía retumba en la mente del payaso silbador, a veces queda, ahí en la mente, más que en la acción.

Aunque pueda resultar polémico, existen situaciones y enfermedades en las cuales la medicina tradicional deja de curar, pero que la sanación llega a través de la tranquilidad y el orden mental. Sigue siendo un misterio, pero hay casos en los cuales ha sucedido.

Para el payaso silbador la tranquilidad es una aspiración de vida. Representa un momento al que se llega a través de la continuidad de momentos que configuran esa categoría de estado vivencial. Más que un debate ideológico o filosófico —representa al pragmatismo— que debe ser logrado para ser felices.

En cierta ocasión, el payaso silbador escuchó a un colega extranjero decir que: «a veces se llega a pensar que el estado del ser humano óptimo es cuando está tranquilo más que cuando está enamorado». Sin duda fue un descubrimiento maravilloso y todavía mejor si se pudieran combinar ambos estados, porque así se tendría una doble costura en la prenda de la felicidad.

Una costumbre reciente, que Ger ha implementado, es silbar por las mañanas cuando los pajaritos empiezan su aleteo matutino. De esa manera, trina en las ventanas, en los corazones, en las ilusiones. Con aquel silbido pretende emitir un sonido de tranquilidad para traducirlo en amor pleno que pueda brindar la doble costura de felicidad.

Pareciera simple la fórmula: para que las cosas terminen bien, para tal efecto, será necesario poner orden en la mente, estar enamorado y construir la tranquilidad anhelada para dormir y ser felices con doble costura.

XIX
Dolor

Hay dolores que duelen más que otros. Hay dolores físicos que trastocan el cuerpo, calan los huesos, cimbran los músculos, generan sufrimiento y hasta hacen perder la razón. Alguno de esos dolores físicos son pasajeros, otros crónicos, unos se mimetizan más en el sobrevivir. La mente puede llegar a ser tan poderosa que puede domar este tipo de dolores y canalizarlos de una manera menos invasiva para coexistir. Hasta se puede aprender de estos dolores, como señalan los budistas.

Existen otros tipos de dolores, los del alma, que habitan en la mente, que generan sufrimiento y torturan a la tranquilidad. Son más agudos que los dolores físicos. Hay ocasiones en las cuales el suspiro es sordo y, aunque habite en la parte más profunda del alma, duele en una parte que es indescifrable. Dolores sin eco, que existen y pelean con lo magno, con el ego y con el olvido.

Es oscura la temporalidad de estos dolores. En ocasiones existe una incapacidad para traducirlos, de modo adecuado, y se confunden. Estos dolores autogeneran más sufrimiento, introduciendo al ser a través de un embudo emocional descendente.

Durante los años de juventud el payaso silbador fue capaz de canalizar con eficacia los dolores del alma y de la mente, sin embargo, ha notado que a medida que los años pasan tal capacidad ha mermado. Es probable que esta sea una de las razones por las cuales el silbido ha sido menos sonoro las últimas veces. Reconoce que es tiempo de romper con la inercia dolorosa e inevitable.

Ger recurrió al diálogo con sus colegas payasos para explorar la importancia de la ayuda de expertos para estar impávido ante las situaciones dolorosas. Descubre que es un problema más recurrente de lo que hubiese imaginado y que afecta a distintos seres humanos deseosos de alcanzar el estadio de tranquilidad anhelado. Hay payasos silbadores que han demostrado su resiliencia y realizan sus acciones sin pensar, le restan tiempo al dolor, evitando que haga su trabajo.

El payaso silbador pensó tal y como lo manifestó Andrés Ixtepan: en la vida de todo ser humano «conocerás a una persona que se enamorará de todas tus versiones, de tus ángeles y demonios, de tus virtudes y tus defectos...» y que poco le importará si silbas mejor o peor que antes, solo importará la tranquilidad. Dicho conocimiento es fundamental para anidar una mente más sana y estable, capaz de reducir los dolores del alma.

Para que las cosas terminen bien, los payasos consideran imprescindible aprender y entender al sufrimiento, enfrentar tales sentimientos y emociones. Es más importante apreciar el dolor, darle un lugar merecido en los radios medulares del árbol y que cada marca constituya una experiencia para mejorar y evolucionar.

XX
Amaneceres

El amanecer es un fenómeno natural caracterizado por la aparición en el horizonte de la luz del sol y representa el comienzo a un nuevo día. Tiene por supuesto múltiples connotaciones y el significado puede ser tan variado como la diversidad de mentes que habitan en el planeta.

Hay amaneceres brillantes con un sol pleno y sin nubes que permiten delinear el horizonte sin restricción. Hay otros amaneceres donde el sol se postra encima de un espagueti de nubes acolchonadas y largas que se descomponen en tonos rojizos y plateados. También hay amaneceres donde el sol se oculta detrás de nubes espesas que impiden entender las razones de un estado de ánimo menos atrevido. Desde luego también existen amaneceres donde la naturaleza se pone caprichosa y romántica, amaneceres con llantos de lluvia, neblina o nieve. Lugares del ártico donde el sol dura cinco meses sin ocultarse o donde el sol llega hasta medianoche como Islandia. En fin, hay una amplia gama de posibilidades de amaneceres para poder atestiguar.

Sin embargo, en todas estas posibilidades de amaneceres existe un común denominador: el sol siempre sale y algunas veces hay incapacidad para contemplarlo. Siempre estará ahí, es una cita acordada con la naturaleza, sin enviar nunca a un representante o sustituto. El sol cumple con su tarea de dar un nuevo día y una nueva oportunidad de convertirse en lo que ha decidido ser.

Los payasos silbadores conocen varios tipos de amaneceres y saben interpretarlos desde el alma. Su experiencia puede añejar historias y sentimientos en cada tipo de amanecer y escribir relatos desde el mar, el desierto, las montañas, la nieve, las urbes, los parajes o desde la imaginación.

El payaso Ger puede ha recreado un amanecer de manera elocuente y provoca en su audiencia una sensación de vivirlo sin estar ahí presente. El payaso silbador se conmueve con frecuencia con los amaneceres y siente una invitación divina a la automotivación, a la compasión y a los buenos pensamientos.

Los silbidos del día están alineados con los amaneceres y con las oportunidades que brinda el día. Constituyen un regalo supremo del arreglo natural tan perfecto que es imposible de replicar por la humanidad. En ocasiones el egoísmo y la ingratitud hacia este tipo de eventos reflejan una pobreza y desprecio a sí mismos, a la fortuna de estar vivos, sanos y con capacidad de ser mejores.

Al igual que el sol, Ger quiere cumplir con su tarea de ser feliz y, por lo tanto, evita enviar representantes o sustitutos a tal encomienda esencial. También el payaso silbador tiene claro que es inconfundible lo hermoso del amanecer con lo bello del atardecer. Uno abre la oportunidad de ser, otro aplaude el haber cumplido la encomienda del día.

Para que las cosas terminen bien, Ger está convencido que es necesario conservar la capacidad de asombro, en especial la de los regalos y oportunidades que brinda la naturaleza. Los amaneceres son preciosos y traen mensajes cifrados, encriptados y que solo aquellos que quieren verlos podrán entender la magnanimidad de la vida y el amor.

Blu, mujer de ciencia, con frecuencia le ha recordado a Ger que tal convencimiento debería estar presente en su vida cotidiana. «Es la mejor vacuna para despejar nebulosas en la mente y, de esa manera, fijar un objetivo claro e instruirse en la determinación y el compromiso consigo mismos», lo ha manifestado durante sus tertulias vespertinas.

Ger ha mejorado su silbido acompañando cada amanecer. Incluso, a veces se ha levantado a la hora más oscura de la noche, sabiendo de antemano que el sol asistirá a su cita para abrazarlo.

XXI
Los gatos

El payaso silbador tenía sus reservas sobre los mininos, felinos simpáticos pero que consideraba convenencieros y difíciles de entender. Y en parte aquella percepción era sustentada en el hecho de que los gatos son animales inteligentes, a quienes puedes enseñar, pero sin tener el control de su adaptación a las condiciones humanas. En pocas palabras, los gatos deciden su espacio y con quién compartir su tiempo y cariño, así como sus místicos atributos y propiedades de protección, bienestar y salud.

De repente y sin pretenderlo, el payaso Ger tuvo varios gatos en su casa. Una gata llamada Tábata con la percha de siamés, de carácter fuerte, indomable, pero que doblegaba su fortaleza ante un cariño inesperado, espontáneo, quizás desinteresado. Con una entrega sincera, libre, exigente de un amor igual al que ha brindado. Una gatita segura de sí, enojada solo por apariencia, entregada por convicción y celosa de su territorio.

De pronto llegó otro gatito, llamado Bruno: blanco y galante como ninguno; de movimientos sigilosos que mostraba su origen noble y firme, como si tuviera herencia milenaria; cariñoso con su pedigrí fundado tan solo en el amor y la cordialidad, sin conocer la maldad; al mismo tiempo selectivo, cuidadoso y cauteloso porque detectaba un mundo cada vez más peligroso. Su ingenuidad lo puso en riesgo y aprendió de momentos de hambre y de muerte, lo que ha reflejado en su lealtad. Después de todo, ahora goloso está dispuesto a disfrutar de la vida, del sol y del confort. Sus vicisitudes lo hicieron renuente a volver a sufrir calamidades y dispuesto a ser un eterno acompañante de quien lo cobijó desde pequeño.

Y luego de la nada se presentó un gatito llamado Benito: tierno y simpático, tímido ante la presencia de una figura fuerte como Tábata y un soberbio como Bruno. Este minino aprendió a hacer alianzas y a guardar distancias del peligro. Un gatito que supo traducir el cobijo de sus mayores con un desempeño eficaz en un territorio retador, con el celo y la incomprensión de otros. Benúa, como le dicen sus consentidos, creció y, de modo progresivo, se volvió más seguro de sí. Desarrolló una capacidad exitosa de evaluar mejor los riesgos e incluso defender y exigir sus derechos. De *kitten* curioso, Benúa pasó a ser un gato joven, ansioso por liderar y ganarse un lugar en el corazón de los humanos.

La fiesta en la casa de los felinos fue tan majestuosa y atractiva que, con rapidez, llamó la atención de otros felinos. Aquellos gatos callejeros que olieron su prosperidad y su buena vida, otros más que de lejos retaron su buena comida y salud, y que desde las sombras de la noche tronaron su terror.

Fue así como el acoso de otros felinos generó peleas campales para demostrar su fuerza y exigencia en la vecindad de los gatos consentidos. Y fue un gato, viejo, pero que, con mañas y experiencias, con muestras de cariño que llamó la atención de los humanos. Fue así que llegó Felipe: canchero, libre y con experiencia de los golpes de la vida, detectó la oportunidad de hacerse un anhelado hogar y tener el reconocimiento de los humanos; de fácil trato y agradecido ante cualquier muestra de cariño y en especial de alimento. Pasaron los meses y se convirtieron en años, adueñándose de espacios desocupados, hizo del garaje su principado de orgullo. Nadie entra en su territorio que ganó con sabia lentitud como la humedad.

Ger, el payaso silbador, se ha transformado sin pretenderlo por la convivencia con estos felinos. Ahora es rehén de las necesidades y exigencias de los gatos que habitan con él. Aquellos gatos que nunca había imaginado querer, ahora forman parte integral de su trayectoria y sus comentarios. Sus claves y *passwords*, por ejemplo, son recordadas por dichos animalitos que antes menospreció.

Los mininos se adueñaron de los espacios y decidieron cuáles lugares podían ser ocupados por los humanos. En el mundo de los payasos silbadores, han de aprenderse tales lecciones felinas. Es posible que las conductas de estos gatitos reflejan atributos que los seres humanos deben forjar: fuertes, libres e indomables como Tábata; galantes, elegantes y seguros de sí como Bruno; cautelosos y con aspiraciones, traviesos y consentidos como Benito; y eficaces y pragmáticos como Felipe.

Para que las cosas terminen bien, los gatos y la naturaleza han demostrado las habilidades y determinaciones que pueden desarrollarse a partir de las condiciones particulares que se viven. Mientras, Ger cambió para bien; de igual manera, también modificó su percepción sobre los gatos.

XXII
Limones

«Si la vida te da limones, haz limonada», sostiene un refrán popular que refleja una sabiduría ancestral. Se refiere al aprendizaje para sacarle provecho a la situación que se enfrente aunque sea paupérrima y transformarla en una ocasión favorable y de provecho. Incluso esa limonada puede ser combinada con otros ingredientes para que sea más sabrosa al paladar, lo cual se aplica también a la vida.

Los árboles cítricos, en especial de limón persa (*citrus latifolia*), forman parte del paisaje que observó el payaso silbador durante su niñez. El limón persa (sin semilla) fue una variedad desarrollada en 1895 por John T. Bearss en California, EUA y fue introducida a México en los inicios de la década de los setenta.

Ger fue testigo del crecimiento exponencial de las primeras parcelas de limón persa que se vieron en su pueblo natal. Después de cincuenta años compartió su testimonio a propósito de aquella agroindustria próspera que se convirtió en un referente mundial indiscutible. En casi todo el mundo se pueden encontrar limones cultivados y empacados en Martínez de la Torre, Veracruz.

Aquellos ranchos con largas filas de árboles de limón sembrados con hojas de color verde bandera, verde intenso y que están a una distancia de siete metros una de otra, resguardados por cerros, lomeríos y arrullados con arroyos, ríos y escurrimientos temporales que vienen de la sierra, tierras bajas, llanas y fértiles, son un espectáculo para quienes lo visitan.

En el atardecer, el sol rojizo se proyecta sobre la copa de los árboles y sus frutos, dando la sensación que los limones se cargan de energía para dar su mejor jugo y sabor cada vez que los corten.

La cultura del limón le permitió a Ger conocer a otros payasos y aprender de ellos. Mao, un payaso silbador que asemeja un oso pardo con chapas coloradas y bigote de vaquero, fue un experto en la cultura del limón y supo todo lo relacionado con esta actividad. Además de ser un amigo entrañable y solidario con toda la comunidad, su prestigio de comerciante justo, dio confianza y hermandad a todos quienes lo han conocido. En las tertulias martinenses, también platicaron otros payasos, expertos en limones, que hacían ver lo complejo y especializado que son los agronegocios, así como la exigencia para quienes se han dedicado a esta actividad.

Si bien, el payaso Ger, es inexperto en limones, brinda conocimientos sobre generalidades de esta actividad. Tal postura le permitió llevar conceptos de dicha agroindustria a otros quehaceres profesionales y personales e inclusive a sus trucos circenses, practicando algunos con limones de su pueblo.

La vida brinda múltiples enseñanzas, experiencias buenas y malas, así como la oportunidad de aprender de ellas para evolucionar y alcanzar ese propósito inalienable de ser feliz. En cincuenta años se pudo realizar una transformación en el pueblo originario del payaso silbador. Este lapso parecería breve o extenso, como se quiera ver, pero el andar constante y persistente en el camino deseado ha llevado a un ambiente diferente y a la prosperidad de varias familias.

Para evolucionar y transformarse —como sucedió con el limón persa— los seres humanos deben asumir la convicción y la determinación de hacer las cosas, algunas veces lentas otras más rápidas, pero en la dirección correcta y aprender a hacer limonada cuando se presenten las circunstancias ingratas de la vida. En otras palabras, para que las cosas terminen bien, hay que ponerle un poco de limón a la vida.

XXIII
Los pajaritos

Durante el alba el payaso silbador abría con gusto las ventanas de su habitación y se deleitaba con el trino de los pajaritos, con la diversidad de sonidos e imaginaba en tales cantos, mensajes cifrados. Parecía que cada trinar representaba un idioma diferente y su sonido llevaba identidad. Unos escandalosos, otros refinados, aquellos más discretos y estos otros muy armónicos.

Con cada trinar los pajaritos pudieran comunicar su necesidad de apareamiento, la sensación de peligro, la delimitación del territorio o la defensa contra depredadores, también pudieran notificar los cambios ambientales y un sinnúmero de interpretaciones de su realidad circundante.

Los primeros rayos del sol estimulan el vuelo de los pajaritos y los invita a ordenar sus nidos para salir a recorrer sus rutas aéreas y trabajar en sus afanes. En el ocaso se aseguran de evitar riesgos para descansar seguros.

La tranquilidad es inconstante en el mundo de los pajaritos. Durante el día los cuervos acechan y durante la noche los búhos se encargan de sorprender a sus víctimas. Otras aves ponen en práctica estrategias para mostrar debilidad y hasta morbilidad para engañar a sus depredadores más feroces y emboscarlos. Algunas aves son soberbias y confían en su fuerza para ser temidas y cazar con éxito a cualquier hora del día.

Los pajaritos de largo recorrido vuelan con estrategia y en equipo. Combinan su energía y comparten el liderazgo para obtener un resultado más efectivo. Así se protegen de sus adversarios y muestran una bandera de unión que con dificultad se vulnera.

Al parecer existen tantas cosas en la naturaleza que aleccionan sobre conductas de los humanos; desde las más nobles de protección y resguardo de las crías y nidos; trabajo en equipo y liderazgo, hasta las más sofisticadas acciones de camuflaje, sobrevivencia y ataque a los adversarios.

El payaso silbador con frecuencia conversa con colegas sobre las bondades de la naturaleza, así como también, en torno a las facetas trágicas y crueles. Así como los pajaritos viven día a día la bondad y el riesgo, los seres humanos también coexisten de manera constante con ese dilema.

Ger, al observar a los pajaritos, recuerda al filósofo chino Sunzi en el Arte de la Guerra. El guerrero señaló en relación con el ataque que: «Quien conoce al enemigo y se conoce a sí mismo, disputa cien combates sin peligro. Quien conoce al enemigo pero se desconoce a sí mismo, vence una vez y pierde otra. Quien desconoce al enemigo y tampoco se conoce a sí mismo, será derrotado en todas las ocasiones».

Los pajaritos defienden o atacan a partir de sus habilidades y características. El despiste y el relajamiento insensato pueden costarles caro en términos de su sobrevivencia. En todos los seres puede pasar lo mismo.

El Dalai Lama señala que los seres son, en esencia, bondadosos, lo cual puede desencadenar un debate extenso. Quizás sea cierto, pero más allá de lo relativo del concepto, es importante reconocer que los seres también tienen un lado oscuro y cruel.

Para que las cosas terminen bien, Ger ha pensado que es necesario el fortalecimiento de la vocación, de la nobleza y de la compasión como los pajaritos cuando resguardan sus nidos; la construcción de soluciones en equipo y con liderazgos ejemplares, pero resulta importante saber defender y atacar cuando así lo amerite la situación, conociéndose a sí mismo y a los adversarios, para que las batallas se ganen con los menores costos posibles.

XXIV
Un año

El tiempo transcurre y paso a paso va ordenando las cosas en la mente sin darse cuenta de la trascendencia de los cambios, dijo una vez el payaso silbador a sus colegas en una de aquellas tertulias vespertinas.

Un año, de acuerdo a Carl Sagan, puede ser corto o largo dependiendo de la perspectiva; para el universo son 365 días, un instante, y aún más si se considera que tiene 15 000 millones de años que lo preceden; para la naturaleza un año representa el recorrido por las cuatro estaciones y una metamorfosis predecible.

Para los humanos un año es relativo. Durante un segundo, la vida podría cambiar de modo significativo, ya sea para bien o para mal. Un año podría percibirse rápido cuando las cosas han funcionado bien y lentísimo cuando las situaciones son adversas.

Hubo años difíciles, otros fueron transformadores y cultivadores, algunos más de creación y consolidación, y otros de paz. Es difícil encontrar a seres que experimenten una estabilidad libre de vaivenes.

El payaso silbador trae tatuado en el corazón, un año complejo relacionado con lo emocional, lo profesional, lo patrimonial o en el rumbo escogido. Se trató de un tiempo en el que reunió a varios de tales elementos. Subidos, todos estos, en una montaña rusa de emociones, sentimientos, oportunidades, frustraciones y retos.

Por su trayectoria circense, el payaso Ger se convirtió en un guerrero acostumbrado a las batallas de la vida, pero reconoció que aquel año del tatuaje fue uno de los más difíciles que experimentó. Durante aquel lapso padeció traiciones y desilusiones, de igual manera, conoció a la solidaridad y al respaldo incondicional. Durante todos aquellos momentos puso a prueba la paciencia y el tesón. La locura perdió ante la resiliencia. El amor y la confianza vencieron sobre todas las cosas adversas.

El payaso silbador tenía en mente una historia que le recordaba lo valioso de luchar y luchar: el cuento de las ranas en el balde de leche.

El cuento versa sobre dos ranitas que cazaban moscas y que al saltar sobre un balde de leche cayeron adentro. Al principio descubrieron que era leche fresca y bebieron hasta que se llenaron. Despues intentaron saltar el balde y regresar al lago pero el borde era alto y resbaladizo. ¡Quedaron atrapadas! Las ranitas patalearon y patalearon y el destino parecía ineludible. Ante esta situación, la primera ranita determinó su indisposición para gastar un segundo más de energía y seguir en aquel sufrimiento y se dejó hundir. La segunda ranita, pensó en sentido opuesto y con convicción siguió pataleando y pataleando hasta su último suspiro, cuando de repente su cuerpo emergió porque se había formado una capa de mantequilla en la superficie de la leche. Fue entonces que asistió a la ranita moribunda, brincaron, se salvaron y regresaron a su lago.

En este pataleo y pataleo para formar una capa de mantequilla, sus amigos silbadores y su familia fueron valiosísimas. Ger afrontó con gallardía aquel año difícil. Sus hijos payasitos silbaron en todo momento para recordarle que tenía que seguir pataleando. Su mamá, hermanas y hermanos, brindaron apoyo y respaldo en todo momento. Hubo apoyos inclusive más allá del mundo terrenal que llegaron para alinear su alma.

Y una persona acumuló agradecimientos por parte del payaso silbador: la payasa Blu.

Con su talento científico y compromiso legítimo de amor, supo mantener el espiral de emociones de Ger. A veces, Blu asumió el papel de un roble fuerte, o tuvo especial cuidado y pasión, curando su vulnerabilidad. Siempre estuvo ahí para el payaso

Ger y eso quedará marcado en los anillos del árbol milenario de la vida.

Con el paso de los días y volviendo la vista hacia el pasado, se cae en cuenta que durante un año puede transformarse, de manera radical, la vida. Resulta favorable imaginar, si se acentúa el esfuerzo, ser mejores año tras año. El resultado puede llegar a ser interesante.

Mientras eso sucede, el payaso silbador agradeció a la vida por aquel año complejo. Así conoció a Blu y valoró sus virtudes humanas. Lo difícil de ese año quedó pronto en lo anecdótico.

Para que las cosas terminen bien el payaso silbador reflexionó sobre la relevancia del aprendizaje durante los años difíciles. Valorar que un año es suficiente para cambiar actitudes, renovar votos de confianza, tomar mejores decisiones. Y lo más importante, ante cualquier adversidad en un año complejo... seguir pataleando y pataleando como la ranitas en el balde de leche hasta que se haga la nata y se pueda salir del balde.

XV
El amor

Andrea Bocelli, cantante italiano de ópera, en una de sus canciones indicó «*Giá la sento, giá sento morir, peró é calma sembra voglia dormir*», dando señales de que el amor duele siempre, a veces poco, a veces en un lugar indescifrable, otras veces duele en el mismo lugar, otras más en la conciencia del vacío o incluso donde es inmerecido recordarlo.

Hay amores ácidos y sarcásticos como los que describe Cortázar, otros melosos como lo expresa Pablo Neruda. Todos son amores, algunos simples y otros complicados.

«Hay amores que se niegan tres veces antes de que llegue el alba», como cantaba Pablo Milanés y que han resuelto la paradoja y la angustia de buscarnos y desencontrarnos. Hay amores que se convierten en la vida, ese amor que da luz al camino, que advierte obstáculos en los senderos peligrosos, que corrige cuando la brújula se pierde, que alienta el resultado favorable.

El payaso silbador soñó con un amor que combinara la firmeza de Clementine Spencer —esposa del primer ministro británico Winston Churchill—, la pasión y entrega desenfrenada de Eponine Thénardier —personaje ficticio de la novela de Víctor Hugo *Los miserables*— y la dulzura y mirada de amor sincero de Susan Parrish —personaje de hija del empresario Bill y coprotagonista de Brad Pitt en la película *Joe Black*—. Fue una combinación contundente y tal vez utópica. Y sí existe el amor, se lo decía a si mismo. Solo fue cuestión de tiempo y espera.

Un día de esos donde el cielo parecería llorar pero se contenía. Un momento en el cual respirar se volvía pesado. Un instante en el que ya tenía poco sentido vivir. De manera súbita y sorpresiva, llegó un mensaje de esperanza y aliento. Lo místico se volvía real.

Blu surgió en escena y brindó pincelazos de arrojo y cobijo a un payaso que vivía momentos difíciles. A Blu le resultó incomprensible la razón de la desdicha de un payaso que era referenciado en innumerables carpas y funciones. Le costó asimilar que un personaje con tal muchosidad estuviera sometido a la tristeza y al decaimiento. Le resultó inexplicable por qué le fue esquiva la compañía que anheló.

Y de esta forma, Ger junto a Blu, descubrieron que habían distintos lenguajes para expresar el amor: «palabras de afirmación; brindar tiempo de calidad; realizar actos de servicio; dar regalos o contacto físico». Tal vez lo sabían pero, hasta aquel momento, confuso y oscuro en el que vieron lo relevante de dichos aspectos y la necesidad de saberlos y sentirlos, fueron plenos.

De repente el panorama se aclaró. Se pudo avizorar el contorno de las montañas y delinear lo largo del valle. El amor activó la acción de neurotransmisores como la dopamina y la serotonina y a neuropéptidos como la oxitocina y la vasopresina. Ya fue una certeza para el payaso silbador. Ciencia y realidad, fue. Si existe el amor, dijo para sí mismo.

El payaso Ger recordó un texto del Dalai Lama: «el gran amor y los grandes logros requieren grandes riesgos. La mejor relación es aquella en la que el amor por cada uno excede la necesidad por el otro». Blu asumió, de manera total, su compromiso de sacar de aquella nebulosa pesada a Ger y hacerle entender esta visión de mundo. Con el paso del tiempo lo ha logrado y ahora ese gran amor es parte integral y común entre ambos.

Blu es valiosa y Ger estará siempre agradecido con ella por su apoyo y amor. Al menos, ya pudo silbar bonito otra vez y empezó a preparar actos circenses novedosos. La motivación y seguridad que brinda el sentirse amado es fuente energética que impulsa todo.

Para que las cosas terminen bien, es indudable, se requiere amor. El amor sincero de una pareja que quiera a su consorte con tus aciertos, sus fantasmas y demonios, sus ilusiones. Busca una relación, real, imperfecta. Una relación propositiva construida sobre la base del amor genuino.

XXVI
Legado

El payaso silbador proviene de una familia solidaria, unida y sembrada en la cultura del esfuerzo. Desde los tatas y abuelos que en condiciones adversas pudieron cimentar honor a su apellido, hasta ejemplos épicos de tíos y parientes que fueron referencia para que sucesivas generaciones se desarrollaran en otros estadios de bienestar.

El payaso Ger tuvo referencias múltiples de inspiración familiar para forjar su carácter y sus habilidades circenses. Desde la entrega total de su madre, hasta el apoyo y confianza incondicional de sus hermanas y hermanos que confiaron en sus talentos. Un lugar especial lo tiene su padre, al que otros payasos del pueblo llamaban el Lic.

El payaso Lic dejó el mundo del presente cuando su hijo el payaso silbador tenía diez años. El vínculo entre los dos ha viajado a través del vasto universo en una sincronía espacio-tiempo digna de considerar en la teoría de la relatividad de Einstein.

Más allá del tiempo, la figura de Lic ha sido motor de inspiración en diferentes etapas y circunstancias del payaso Ger. Desde la inocente concepción del heroísmo hasta la del ser humano que tiene logros y también es falible. Todo ha sido valioso y ha valido la pena vivirlo así.

Con el paso del tiempo, el otrora payasito Ger creció y se volvió padre. Y mientras construía sus sueños, al mismo tiempo tuvo que aprender otros talentos diferentes a sus actos circenses, quizás el más importante y que da significado a lo demás: ser un buen padre.

Existe una frase popular que señala que «nadie nos enseña a ser padres, pero podemos aprender». Cada familia es única y diferente, por lo que las recetas perfectas dejan de ser reales imposibles de replicar y estandarizar como fórmulas.

Ni el mejor aplauso ni el acto circense más extraordinario se equipara a la satisfacción de ser padres. Los hijos son el motivo esencial por el cual se decide siempre seguir adelante. Es la mejor decisión.

El payaso silbador es feliz con los logros de sus hijos. Como todo padre, también sufre con sus problemas y fallas. Son la razón de sus alegrías y también de sus miedos. En ocasiones, le hubiera gustado tener el consejo del payaso Lic para ser un mejor papá. Pero también entiende que la experiencia propia y sus decisiones son parte de la vida y que, en ocasiones, hasta sus errores han sido actos de amor.

Los payasitos, hijos del payaso Ger, son geniales y constituyen una bendición. Una payasito llamado Miau, con coletas de cebú y unos peluches que la acompañaran todo el tiempo en su corazón. Otro payasito llamado Changus, inquieto por comerse el mundo y con la música por dentro. Ambos traen orgullo y honor al legado de esta la familia de payasos que han dejado eco en el universo.

Para que las cosas terminen bien, el payaso Ger reflexiona sobre el legado de ser padre, con los aciertos y yerros propios de la conducta humana. Y un especial agradecimiento al payaso Lic que siempre lo ha cuidado desde el místico encuentro del recuerdo y el corazón.

XXVII
Los cincuenta años

Y de repente el payaso silbador cumplió cincuenta años, medio siglo. Un momento óptimo para hacer un corte de caja en su vida; un instante para recordar y agradecer a todos aquellos que, con voluntad o sin ella, han contribuido a la consolidación, sin juicios de valor, con sus experiencias aquilatadas.

Una frase anónima dice que «La vida de los hombres suele ser plural. Hay momentos buenos y otros menos buenos, tiempo de progreso y tiempos de estrechez; tiempos de reprobación; situaciones en las que se ejerce la justicia y situaciones en las que se actúa como se debe». Aplicable en su totalidad a la vida de los payasitos como Ger.

Ger tiene cicatrices en la piel como cualquier guerrero que, con valentía, ha enfrentado batallas y conquistas. También tiene brillo en los ojos por el amor que ha recibido de sus hijos payasitos, de su familia y de Blu. Tiene un sinfín de archivos en su memoria sobre eventos, anécdotas e historias. Lo más importante, ha tenido salud y un corazón suficiente para brindar amor y tranquilidad.

A la mayoría le gustaría razonar a propósito de la personalidad, afirmar que esta es estable a lo largo del tiempo, pero esto es falso. Los cambios son imperceptibles y, en algunas ocasiones, se dan por la influencia de quienes rodean a aquel que se transforma.

Se supone que, a medida que se crece en edad, se adquiere más consciencia y se toman mejores decisiones. A veces es equívoco que la edad transforma al ser en un ente mejor, más bien lo convierte en testarudo, necio y soberbio. Es posible que se tenga más conocimiento de las propias emociones y situaciones que se viven a diario, pero también de los errores que, en circunstancias determinadas, pueden llegar a ser trágicos.

El payaso Ger tuvo la influencia de seres valiosos en diferentes momentos de su vida. Desde sus primeras plastilinas y actos circenses, hasta la redacción de libretos más sofisticados. También tuvo influencias de un entorno rudo y a veces tóxico. En cincuenta años han tenido desilusiones tremendas, traiciones, fracasos y duelos. Pero lo más importante es que las bendiciones recibidas y los innumerables momentos felices han rebasado con creces a las complicaciones que se pudieron haber presentado.

Winston Churchill decía: «el éxito es la capacidad de ir de fracaso en fracaso sin perder el entusiasmo» y sostenía, además, que «existen tres tipos de personas: aquellas que se preocupan hasta la muerte, las que trabajan hasta morir y las que se aburren hasta la muerte». Por tal razón, Ger, utilizaba la frase del mismo Churchill que decía «vivir arduamente que el éxito os alcanzará». Es el reflejo de su convicción. Es el grito de guerra para superar lo que se presente.

El payaso silbador ha sido un entusiasta y retador por naturaleza. Esas cinco décadas de experiencias le han fertilizado el alma, vacunado y puesto teflón en la piel, pero también le han generado arrugas en el rostro y dolores en los músculos.

—Para que las cosas terminen bien —dice el payaso silbador— parecería que la vida hay tomarla en serio, sin exagerar la seriedad para que deje vivir. A veces también hay que darle importancia a las cosas poco importantes... algunas veces estas sorprenden con su valía.

Los cincuenta años, que lo digan Alonso Quijano, de Cervantes o Pedro Camacho de Vargas Llosa, es una oportunidad para iniciar una nueva etapa: una mejor, de mayor consciencia, libertad, amor pleno, agradecimiento, respeto y sabiduría. Valorándolo... puede ser el mejor momento de la vida.

XXVIII
Tiempo

«El tiempo es relativo. Puede ser que dos acontecimientos que parecen simultáneos desde la perspectiva de alguien, sean desde la perspectiva de otra persona, distintos. Y lo más curioso es que ambos estarían en lo cierto» Albert Einstein demostró esta afirmación con varios ejemplos mentales como son: el impacto de un rayo en un tren en movimiento, el nacimiento de gemelos, por señalar algunos.

De esta forma, «el tiempo y el espacio son compañeros inseparables: lo que le ocurre a uno, le afecta a otro» Esto lleva a un concepto más entendible: la realidad.

En sus charlas vespertinas con colegas, el payaso silbador se ha percatado que la realidad es un crisol de percepciones diferentes que vienen en consecuencia de un embudo de formaciones e interpretaciones de cosas pasadas. Y que, como dice Einstein, puede ser que varios puedan estar en lo cierto.

Realidades diferentes, un mismo tiempo. En ocasiones se desaprovecha la energía valiosa pretendiendo que otros perciban a la realidad. Es probable que se pueda, en ocasiones, lograr empatía sobre el estado emocional que viven dos seres humanos.

Cada realidad tiene implícito consecuencias de actos. Cada día se toman decisiones y acciones, y todo ello tiene consecuencias. El tiempo solo es el compañero de las decisiones.

Juzgar al tiempo y darle la responsabilidad de transformar a la realidad parecería ser un engaño a sí mismos y hasta un acto de cobardía. Ger procrastinaba como resguardo para evitar tomar decisiones difíciles. Por fortuna, notó que el tiempo pasa y llegaba el momento en el cual era insuficiente para hacer las cosas que deben ser realizadas.

Los seres humanos gestionan el tiempo de su vida, de modo equivocado; tiempo relevante a través del cual, en ocasiones, posponen y pierden oportunidades; tiempo de calidad consigo mismos y con quienes comparte que ha de ser aprovechado; tiempo de productividad donde debería evitar la evasión o el abandono en la toma de decisiones; pero también son capaces, los seres humanos, de equilibrar y gozar del ocio.

Para que las cosas terminen bien, es necesario un entendimiento del activo más escaso y valioso: el tiempo y, por consiguiente, de la vida misma.

XXIX
Futurible

«El futuro será distinto a lo que se pensó», es una frase atribuida, de manera apócrifa, a diversos personajes famosos de la historia de la humanidad. Más allá de quién lo haya dicho primero o a quien pertenece, lo valioso es lo que concibe y será propiedad de quien la aplique. La primera vez que el payaso silbador escuchó dicha frase fue de Felipe González Márquez, para aquel entonces presidente del gobierno español en la década de los ochenta e inicios de los noventa, sin duda un protagonista en la historia contemporánea: «el futuro ya no es lo que era».

En aquella ocasión la frase hacia referencia a los cambios geopolíticos, comerciales y tecnológicos que se estaban dando en España, en la Unión Europea y el mundo. Era una manera de expresar la velocidad de los cambios que se estaban dando en múltiples planos y en la necesidad de las naciones de reinventarse, innovar y construir su futuro sin perder de vista su historia y sus equivocaciones. En el caso de España, tenía sentido la frase como referencia al entendimiento novedoso. Enfatizaba la evolución democrática y los acuerdos sociales que permitían a los españoles, una plataforma institucional más sólida después de la experiencia con la dictadura de Francisco Franco Bahamonde (1939-1978).

Durante sus años de formación como payaso silbador, Ger fue un estudioso de la prospectiva: ciencia, arte y quizás ejercicio humano místico. El tema central radicaba en pensar de manera ordenada y atrevida sobre el futuro. Por un lado, analizar las tendencias duras que dan contexto a la realidad actual, y por otro, explorar los eventos portadores que pueden alterar las cosas, para bien o para mal, en el futuro, los escenarios e implicaciones. En este tipo de formación se incluye en practicar técnicas que permitan recopilar información estadística confiable, opiniones de expertos, hasta ideas vagas y rumores que pueden dar señales del futuro.

Hay países y empresas que planifican y actúan con objetivos a largo plazo: a 50, 60 o más de 100 años. Existen experiencias exitosas de apostar con este enfoque; solo hay que ver a países como Japón, Corea y Noruega que visualizaron proyectos de largo plazo y, después de 30 o 40 años, son una realidad.

La inteligencia artificial, los viajes espaciales a Marte y turismo espacial, la energía basada en el hidrógeno, los vuelos hipersónicos, la clonación de órganos humanos, la biotecnología, entre otros, son productos de innovaciones y planes de larga data. Y también en el arte circense, solo recordar el cambio de paradigma con la innovación del Cirque du Soleil y su fundador Guy Laliberté.

Y también existen fracasos colectivos de falsos futuros. Tiempos que nunca llegaron o que subestimaron los cambios del futuro. La desaparición de las revistas y periódicos impresos. La erradicación de algunas enfermedades y pandemias que siguen presentes en el mundo. Empresas como Kodak, Blackberry, Polaroid, Blockbuster que desaparecieron o se quedaron con una mínima expresión de lo que fueron. En el circo, por ejemplo, han desaparecido los espectáculos que utilizaban animales.

Al igual que las naciones y las empresas, los seres humanos piensan en el futuro. Alguna veces lo hacen de manera ordenada, otras veces de manera intuitiva e incluso otras más de manera aleatoria o dispersa.

Los seres humanos imaginan un concepto de futuro, una idea de su porvenir, desempeño, aspiración y sueños. De niños piensan de una manera ingenua; de adolescentes platican sobre un futuro sin límites; de jóvenes en torno a aspiraciones atrevidas y de adultos bajo una creciente dosis de realidad.

El payaso silbador, como otros colegas y amigos suyos, también se imaginó un futuro. Y ese futuro era diferente al que ha sido. A medida que Ger crecía, su concepto de futuro se iba moldeando, adaptándose al día a día pero sin claudicar en su noción de largo plazo. Los golpes de la vida y las enseñanzas de la realidad le han puesto en entredicho su concepto, pero nunca ha claudicado en su intento. Silbando y contando anécdotas, de circos y escenarios majestuosos, ha podido mantener su ingenuidad de niño; su sueño sin límites de adolescente y el atrevimiento jovial de lo posible y lo probable, lo que han llamado «lo futurible».

Ahora el futuro que «ya no es lo que era». En este contexto, los momentos más difíciles para un adulto suelen estar acompañados en la aceptación de cambiar el futuro que se había diseñado y que dicho futuro ya es diferente. Aferrarse a ese futuro que «ya no fue», puede conducir a la frustración y al dolor permanente en el corazón, por lo que es necesario despedirse a tiempo de «lo que no fue».

El nuevo futurible puede ser mejor o peor, eso es desconocido. Pero es diferente y debe ser igual de inspirador, ingenuo, atrevido, posible y probable. Para que las cosas terminen bien la vida de un payaso silbador, es necesario hacer una cita con su pasado futurible para despedirse y pactar el nuevo futurible.

XXX
Paz

Y de repente llegó el otoño. En un día de esos pasando el 21 de septiembre, momento en que inicia esta estación caracterizada por cambio de ropaje en los árboles, hojas caídas y viento con notas más frescas. El payaso silbador organizó una reunión con otros colegas, amigos y familiares para una celebración poco usual e inesperada pero que resultó extraordinaria para reforzar los conceptos que han dado forma y carácter a su vida.

Por supuesto que ahí estaban los payasos Sebastián, Huicho, Kalifas, Blu, Mao, Miau y Changus, entre otros más que caminaron y conversaron entre los espacios de un salón arrebatado, escuchándose el sonido de los abrazos afectuosos. Desde el cielo los cubrió y cuidó el payaso Lic complacido de ver tantas muestras de afecto.

Si bien esta reunión empezó con un carácter de festejo por su natalicio, de manera gradual, se fue transformando en una especie de plebiscito sobre la trayectoria del payaso silbador.

Vinieron payasos de varias partes, algunos de ellos con años sin haberse encontrado o coincidido en algún lugar o espectáculo. También acudieron amigos que son ajenos al arte circense y que asistieron para refrendar su amistad añeja, los valores de honor y respeto, así como para dar testimonio de las batallas conjuntas, anécdotas e hasta hablar del paso del tiempo.

Esta reunión fue un tanque de oxígeno para los payasos que celebran la vida, amistad, amor y un culto a la confianza, solidaridad y compañerismo. Aquí estuvieron presentes todos los payasos que han dado forma a la vida del payaso silbador y que empiezan a dar pincelazos de amistad duradera.

«La vida a veces duele, a veces cansa, a veces hiere. Esta es imperfecta, incoherente, difícil, efímera; pero a pesar de todo, la vida es bella». Este encuentro entre payasos, amigos y familiares puede ser referencia que, a pesar de todos los obstáculos y momentos complicados, las cosas pueden y deben terminar bien si se reducen los diferentes tipos de sufrimiento que los seres humanos pueden infligir a otros. Parece ser que la filosofía de la paz (*pax civilis*) es más terrenal que etérea. Hacer las cosas lo mejor posible sin dañar a otros, tiene un buen pago.

Después de la excitación y efervescencia de la reunión, Ger se tomó unos minutos de solitud, poniendo la tecla de melodías acentuadas en el piano y el cello, momento perfecto para un recuento de conceptos que considera útiles para que las cosas terminen bien, y que fueron vertidas a lo largo de este intento de reflexiones de un payaso silbador:

Por un lado, desarrollar la autoconfianza, libertad de pensamiento, decisión consciente con mejor percepción del entorno, poniendo en orden y alineando la mente a un futurible con aspiración.

Por otro lado, sembrar en el cuerpo la proteína de la buena voluntad, nobleza y compasión, agradecimiento, así como practicar con disciplina y convicción, con la seguridad que tienes un ingrediente secreto, el atrevimiento, sagacidad y hasta picardía necesarias, para hacerlo bien.

En adición, saber enfrentar los miedos, entender y respetar el sufrimiento, con una actitud de adaptación a situaciones complicadas, desprendimiento, confiando en que siempre va a amanecer y que es necesario seguir pataleando hasta el último suspiro.

Parece necesario también darse la oportunidad de aprender e intentar un buen golpe de precisión en tus objetivos, valorando el tiempo y los de otros, reconociendo que la multitud es inculta y necia y, en ocasiones, es necesario reinventar etapas en la vida.

Es valioso fomentar la sensibilidad a la música, teatro y las artes, aprendiendo de compositores y escritores, respetando y recordando el legado de quienes estuvieron antes.

Y con todo ello, se trata de forjarse amor sincero y genuino en la vida, con la frescura y rostro de enamorarse de la vida.

Con estos ingredientes, más que nunca, el payaso silbador está convencido que «las cosas terminan bien».

www.ingramcontent.com/pod-product-compliance
Lightning Source LLC
LaVergne TN
LVHW090126160826
845673LV00015B/1028